1.ª edición: abril, 2014
© S. Fischer Verlag GmbH, Frankfurt am Main, 2013
© De la traducción: Moka Seco Reeg, 2014
© Grupo Anaya, S.A., Madrid, 2014
Juan Ignacio Luca de Tena, 15. 28027 Madrid
ISBN: 978-84-678-6128-0
Depósito legal: M-34899-2013
Impreso en Alemania · Printed in Germany
www.anayainfantilyjuvenil.com

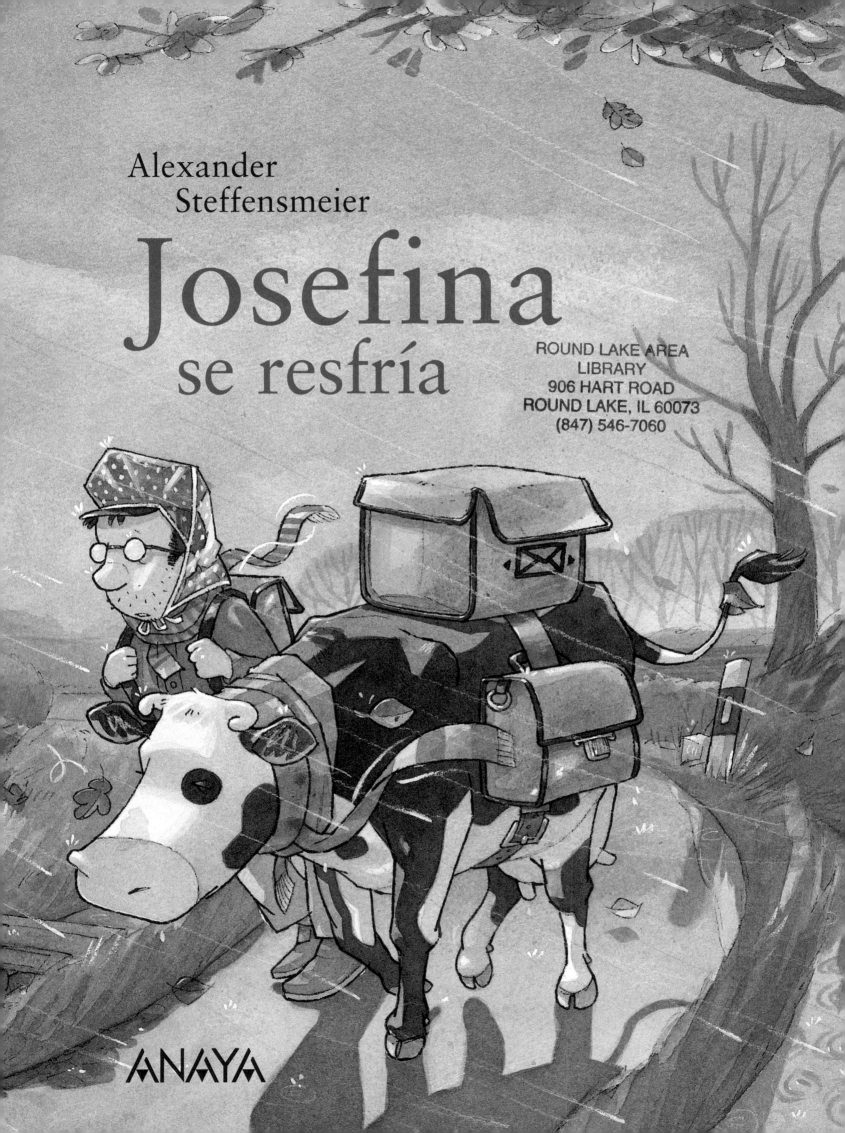

Alexander
Steffensmeier

Josefina
se resfría

ANAYA

En otoño, cuando empieza a hacer más frío y el viento sopla y llueve a mares, ¡aaachís!, a Josefina y a su amigo el cartero les cuesta mucho repartir el correo.

Ayer el tiempo fue especialmente frío y desagradable.

Y hoy por la mañana, a la hora de ordeñar, Josefina se sentía débil y cansada.

—Uy, Josefina, tienes muy mal aspecto —dijo la granjera—. ¿Estás enferma?

Menos mal que la granjera
conoce remedios
I-N-F-A-L-I-B-L-E-S
contra el resfriado:

Hacer gárgaras.

Vahos de eucalipto.

*Paños muuuy
calientes para
la garganta.*

Paños muuuy fríos para las patas.

Mucho descanso y una lámpara de calor.

Pero, a pesar de todos los cuidados,
Josefina no mejoraba.
—Hay que llamar al doctor —dijo
la granjera acariciándole el lomo.

—No se preocupe —respondió la enfermera cuando la granjera llamó a la clínica veterinaria—. El doctor les hará una visita en cuanto pueda.

El doctor llegó a la granja a ultimísima hora
de la tarde.
—Veamos cómo está la paciente —dijo,
abriendo su gran maletín.

—Mmm… ¿Eh?
Oh, oh… —dijo
el doctor al final.

—¡Un resfriado
de campeonato! Pobre
Josefina. No te preocupes:
un par de días guardando
cama, muchos mimos y
algo de jarabe para la tos
te dejarán como nueva.

¡A la cama! Josefina se tumbó
obediente sobre la paja mullida.
La granjera la arropó y le trajo
una sopa caliente.
Y, mientras Josefina escuchaba
su música favorita, la granjera
le leyó un cuento en voz alta.

Tres días después, Josefina se sentía mucho mejor.

Al cuarto día ya se encontraba prácticamente recuperada.

Y, al quinto día, de no ser por el cartero y el nuevo puzle que le regaló, quizá se habría levantado.

A la mañana siguiente, Josefina estaba sana como una manzana. Pero fuera hacía mucho frío y el cielo estaba oscuro y lluvioso. A Josefina todavía no le apetecía salir a repartir el correo. ¿Y si se hacía la enferma un día más? Cuando llegó la granjera para ordeñarla, Josefina la miró cabizbaja y con cara de pena.

—Vaya, ¡qué mala cara! —murmuró la granjera al poner la mano sobre su frente—. Ya no tienes fiebre, pero... Decidido: hoy también te quedas en la cama.

Al mediodía Josefina ya no
aguantaba más en el establo:
se aburría. Y, de pronto, entró un
rayo de sol por la ventana y oyó…
¿Qué era eso? ¡Las gallinas se
divertían sin ella!

Josefina corrió hacia la puerta
del establo.
¡Era una tarde maravillosa
para jugar!
Pero, entonces, frenó
en seco…

¿No estaba enferma? Tenía que quedarse en la cama. ¿Quién se iba a creer que se había curado, así, de pronto, por arte de magia? La granjera y los demás animales, seguro que no.

Josefina estaba
impaciente por volver
a saltar y brincar…

… pero de pronto
apareció el cartero:
—¡Hola, hola, caracola!

Y cuando empezaba a disfrutar de lo lindo con su nuevo globo…

… se asomó la granjera para ver cómo se encontraba.

Josefina no aguantaba más.
Y, ¡arghhh!, cuando vio que
sus amigos hacían volar sus
cometas… No era justo, desde
hacía semanas se moría de
ganas por probar la suya.
¡¡¡Ella también quería!!!

¿Pero qué diría la granjera si
la veía jugar fuera tan ricamente?
No tenía más remedio que
confesar que había exagerado.
Aunque solo un poco.

Así que Josefina, trota que trota, se dirigió a la casa con las orejas gachas y requeteavergonzada.

Pero ¿dónde estaba la granjera? ¿En la cocina?

¿Y en el salón?

Qué raro, en el cuarto
de baño tampoco.

Entonces, Josefina
oyó un estornudo.
Venía del piso
de arriba.

Uyuyuyuy… La granjera estaba metida en la cama y tenía un aspecto malísimo.
—Ay, Josefina, cuánto me alegro de verte mejor. Yo, sin embargo, estoy fatal: también me he resfriado. ¡Con todo el trabajo que tengo! Hay que recoger las hojas, cortar leña, hacer la comida…

Y, de pronto, Josefina se olvidó de su cometa. A lo que le apetecía jugar era a hacer de…